HISTOIRE

DU

PETIT JACK.

HISTOIRE

DU

PETIT JACK,

PAR L'AUTEUR

DE SANDFORD ET MERTON.

Traduit de l'anglais.

PARIS,

CHEZ LOUIS COLAS, LIBRAIRE,

Rue Dauphine, N°. 32.

1822.

HISTOIRE

DU

PETIT JACK.

Il y avait autrefois un pauvre vieillard estropié qui vivait au milieu d'une plaine vaste et inculte, au nord de l'Angleterre. Jadis soldat, il avait presque perdu l'usage d'une jambe, par suite d'une blessure qu'il avait reçue en combattant contre les ennemis de sa patrie. Lorsque ce pauvre homme se vit ainsi perclus, il construisit une petite cabane de terre, et la recouvrit de gazon pris dans la plaine. Un petit bout de terrain, qu'il se faisait un plaisir de cultiver de ses propres mains, lui fournissait des pommes-de-terre et d'autres végétaux.

Outre cela, il gagnait quelques sous en ouvrant aux voyageurs une barrière (1) qui se trouvait peu éloignée de son habitation.

A la vérité, ces revenus n'étaient pas très-considérables, parce qu'il ne passait pas beaucoup de monde par ce chemin : ce qu'il gagnait, cependant, lui suffisait pour acheter des habits et les choses nécessaires qui lui manquaient. Quoique pauvre, il était extrêmement vertueux, et jamais il ne manqua d'adresser, le soir et le matin, ses prières à Dieu. Par là, il s'était rendu, auprès de tous ceux qui le connaissaient, bien plus respectable que ceux qui lui étaient supérieurs par leur rang et leur fortune.

Ce vieillard vivait seul. Dans ses promenades à la campagne, il trouva un jour une petite chèvre qui avait perdu sa mère, et qui paraissait tour-

____

(1) Il y a sur tous les grands chemins d'Angleterre des barrières, espèce de portes qu'on ouvre aux voyageurs, moyennant une rétribution qui est employée à l'entretien des routes.

mentée par la faim ; il la prit, la mena dans sa cabane, lui donna quelques productions de son jardin, et la nourrit ainsi jusqu'à ce qu'elle devînt et plus grande et plus vigoureuse. La petite Nan (c'était le nom qu'il lui avait donné) paya ses soins de reconnaissance, et s'attacha à lui aussi vivement qu'un chien eût pu le faire. Le jour, elle broutait sur l'herbe qui croissait autour de la cabane, et la nuit, elle reposait à côté de son maître et sur le même lit de paille ; souvent elle l'amusait par sa gentillesse et ses gambades. Elle enfonçait sa petite tête dans le sein du vieillard et mangeait sur sa main la faible portion de pain qui lui était destinée, et que celui-ci ne manquait jamais de partager avec sa chèvre favorite. Souvent le vieillard joyeux la contemplait en silence, et dans les douces effusions de son cœur, il levait les mains au ciel et remerciait Dieu qui lui avait envoyé, au sein même du malheur et de l'indigence, un ami tendre et fidèle.

Une nuit (vers le commencement de l'hiver) le vieillard crut entendre les faibles cris et les plaintes d'un enfant. Comme il était naturellement charitable, il se leva, tira du feu, sortit de sa cabane, et examina de tous côtés. Il ne fut pas long-temps sans apercevoir un enfant, qui probablement avait été abandonné par quelque mendiant vagabond, ou quelque bohémienne. A cette vue, le vieillard fut saisi d'étonnement, et d'abord ne sut trop quel parti prendre. Dois-je, se dit-il, moi qui ai déjà tant de peine à vivre, me charger encore d'un faible enfant qui, pendant plusieurs années, sera incapable de pourvoir à sa propre subsistance? Mais aussi, ajouta-t-il, ému de compassion, puis-je refuser mon assistance à une créature humaine encore plus malheureuse que moi? Pourquoi la Providence, qui nourrit les oiseaux des bois et les bêtes sauvages, et qui a promis de bénir ceux qui se montrent bons et charitables, ne viendrait-elle pas seconder mes faibles efforts? Ah! du moins, je veux lui donner un asile pour cette nuit; car si je ne le reçois dans ma cabane, le malheureux abandonné périra de froid avant le matin. En achevant ces mots, il le prit dans ses bras, et, à travers les haillons dont il était enveloppé, reconnut un enfant beau et vigoureux: le pauvre petit orphelin, de son côté, parut sensible à son humanité; un léger sourire se montra sur son visage, et il tendit ses petits bras, comme pour embrasser son bienfaiteur.

Lorsqu'il l'eut apporté dans sa cabane, il se trouva d'abord extrêmement embarrassé sur les moyens de lui procurer de la nourriture; mais, ayant jeté les yeux sur Nan, il se rappela que justement elle venait de perdre son petit, et vit ses mamelles gonflées par le lait; il l'appela donc, et présentant l'enfant à l'une de ses mamelles. Il fut transporté de joie en le voyant sucer aussi naturellement que s'il avait trouvé sa propre mère.

1*

La chèvre aussi parut être soulagée par les efforts de l'enfant, et se soumit sans peine à remplir les fonctions de nourrice.

Satisfait du résultat de son expérience, le vieillard enveloppa l'enfant aussi chaudement qu'il put, et se coucha lui-même avec la douce conviction d'avoir fait un acte d'humanité.

Le lendemain matin, il fut éveillé de bonne heure par les cris de l'enfant qui avait besoin de nourriture, et avec le secours de la fidèle Nan, il calma sa faim, comme il avait fait la veille.

Dès lors, le vieillard sentit pour cet enfant un intérêt qui lui fit différer à un autre temps les mesures à prendre pour s'en débarrasser. « Qui sait, dit-il, si la Providence, qui l'a conservé d'une manière presque miraculeuse, ne le destine pas à quelque chose d'extraordinaire, et ne me bénira pas, comme le faible instrument de ses décrets ?

Au reste, comme il devient plus fort tous les jours, il sera pour moi un sujet de plaisir et de consolation dans ma cabane solitaire ; il m'aidera à cultiver mon jardin et à couper des herbes pour mon feu. »
A compter de ce moment, il s'attacha de plus en plus à son petit enfant trouvé, qui, en peu de temps, apprit à regarder le vieillard comme son père, et le charma par ses innocentes caresses.

La chèvre elle-même, la gentille Nan, ne lui porta pas moins de tendresse, et parut l'adopter comme son propre petit. Elle s'étendait par terre, hors de la cabane, tandis que l'enfant se traînait vers elle sur ses genoux et ses mains, et lorsque celui-ci avait satisfait sa faim en suçant le lait, il se glissait entre les jambes de la chèvre et allait s'endormir sur son sein.

Il est étonnant combien cet enfant, ainsi abandonné à la nature, acquit en peu de temps de force et de vigueur : ses jambes, n'étant point emprisonnées dans des langes et des bandages, prirent bientôt les formes et les proportions na-

turelles, sa figure pleine et fleurie annon-
çait une santé parfaite, et, dans un âge
où les autres enfans peuvent à peine se
tenir debout à l'aide d'une nourrice, celui-ci pouvait déjà courir tout seul. Il est
vrai que ses efforts ne furent pas toujours
heureux, et que plus d'une fois il tomba
contre terre, mais la terre était douce,
et le petit Jack (c'était ainsi que le vieillard l'appelait) n'était ni tendre ni délicat;
il ne se souvenait jamais de ses chutes
ou des coups qu'il y recevait, mais il se
relevait promptement et continuait son
chemin.

En peu de temps le petit Jack put
se servir librement de ses jambes, et
lorsque l'été fut venu, il suivait sa maman, la chèvre, dans la campagne, et
jouait avec elle pendant des heures entières, tantôt courant après elle, tantôt
grimpant sur son dos, et quelquefois
sautant autour comme un véritable che-
vreau.

Quant aux vêtemens, Jack n'en était pas extrêmement embarrassé, il n'avait ni habit, ni bas, ni souliers; mais comme le temps était chaud, il s'en trouvait d'autant plus léger pour toute sorte d'exercice.

Peu de temps après Jack chercha à imiter les accens de la voix de son papa, le vieillard, et de sa maman, la chèvre, et dans peu il commença à parler distinctement.

Le vieillard, charmé de ces premiers effets de sa raison naissante, aimait à le placer sur ses genoux et à causer avec lui des heures entières, tandis que la soupe se chauffait lentement devant un feu de feuilles sèches.

A mesure que Jack grandissait, il devenait plus utile à son père; il veillait avec lui sur la barrière, et l'ouvrait pendant son absence. Quant au travail de la cuisine, Jack ne fut pas long-temps sans y devenir habile, et sut faire un bouillon aussi bien que son père lui-même.

Pendant les soirées d'hiver, le vieillard avait coutume de lui raconter ce qu'il avait vu pendant sa jeunesse, les siéges et les batailles où il s'était trouvé, et les travaux qu'il avait supportés. Il racontait tout cela avec tant de feu, que Jack n'était jamais ennuyé de l'entendre. Mais ce qui l'amusait plus que toute autre chose, c'était de voir son vieux ami prendre sa béquille en guise de fusil, et commander lui-même la manœuvre. « A droite ! — A gauche ! — Présentez vos armes !—Feu !—Marche !—Halte! » Toutes ces expressions devinrent familières au petit Jack aussitôt qu'il put parler, et il n'avait pas encore six ans, qu'il portait et présentait un manche à balai, que son père lui avait donné pour cet usage, avec aussi bonne grâce qu'aucun soldat de son âge en Europe.

Le vieillard lui donna aussi sur la religion et la morale des préceptes simples, clairs, et tels qu'il était lui-même capable de les expliquer.

« Jack, lui dit-il, ne faites jamais un mensonge, lors même que vous devriez être écorché tout vif; un soldat ne ment jamais. » Jack leva la tête, et marchant fièrement, promit à son père qu'il dirait toujours la vérité comme un soldat. Le vieillard, qui autrefois avait été à l'école, désirait beaucoup que son petit enfant pût apprendre à lire et à écrire; mais ce n'était pas une affaire peu difficile, car il n'avait jamais eu ni livre, ni papier, ni plumes dans sa cabane. L'industrie, cependant, nous rend capables de surmonter les difficultés. Pendant l'été, le vieillard, assis hors de sa chaumière, traçait des lettres sur le sable, et enseignait à Jack à les épeler les unes après les autres, jusqu'à ce qu'il fût familiarisé avec tout l'alphabet; alors il passa aux syllabes, et de là aux mots. Notre jeune élève apprit tout cela avec la plus grande facilité, et comme il avait beaucoup de propension à imiter ce qu'il voyait, il acquit la faculté non-seulement

de lire les mots, mais encore de tracer
sur le sable les lettres qui les composaient.

Vers ce temps, la pauvre chèvre, qui
avait nourri Jack avec tant de soins,
tomba malade et mourut. Pendant sa ma-
ladie, Jack la soigna avec la plus tendre
affection et la plus grande assiduité; il
lui apportait des herbes fraîches pour se
nourrir, et tenait, pendant des heures
entières, la tête de l'animal appuyée sur
sa petite poitrine. Mais tout cela fut inutile; il perdit sa pauvre maman (c'est
ainsi qu'il avait coutume de l'appeler),
et pendant quelque temps il fut incon-
solable; car, quoique ses connaissances
fussent bornées, le petit Jack avait dans
le cœur des sentimens d'affection et de
reconnaissance portés à un point peu or-
dinaire. Il n'eût pas été capable de parler d'affection, de tendresse et de sensi-
bilité avec autant de charmes que beaucoup d'autres enfans qui ont joui des
avantages d'une bonne éducation, mais
au fond de son cœur il éprouvait ces
sentimens dans toute leur pureté, et il

lui semblait si naturel d'aimer tout ce qui nous aime, qu'il ne soupçonnait même pas qu'il fût possible de faire autrement. La pauvre chèvre fut ensevelie dans le jardin du vieillard, et le petit Jack venait souvent sur son tombeau appeler sa pauvre Nan, et lui demander pourquoi elle l'avait quitté.

Un jour qu'il était ainsi occupé, une dame passa en voiture, et l'entendit avant qu'il eût pu l'apercevoir. Jack courut aussitôt pour ouvrir la barrière, mais la dame s'arrêta, et lui demanda qui est-ce qu'il plaignait ainsi, et qu'il appelait d'une voix si lamentable ? Jack répondit que c'était sa pauvre maman, qui avait été enterrée dans le jardin. La dame, étonnée d'entendre parler d'un semblable lieu de sépulture, continua de le questionner. « Comment votre mère, lui dit-elle, faisait-elle pour vivre ? — Elle avait coutume de brouter tout le jour dans la campagne, répondit Jack. »

La dame fut encore plus étonnée, mais le vieillard sortit de sa cabane, et lui expliqua tout, ce qui ne laissa pas que de lui causer une grande surprise ; car quoique cette dame eût beaucoup vu le monde, et qu'elle eût beaucoup lu, il n'était jamais entré dans sa tête qu'un enfant pût devenir grand et vigoureux en tétant une chèvre, au lieu de manger de la bouillie ; aussi regardait-elle Jack avec étonnement ; elle admirait son visage brun, mais animé, sa bonne mine et sa vivacité.

« Mon petit enfant, lui dit-elle, voulez-vous venir avec moi ? Si vous vous conduisez bien, je prendrai soin de vous.

Merci, répondit Jack, je veux rester avec papa ; il m'a donné ses soins pendant plusieurs années, et c'est à moi maintenant de lui donner les miens ; sans cela, j'aurais beaucoup de plaisir à suivre une personne aussi bonne et aussi aimable. »

Cette réponse ne déplut point à la dame, qui, tirant de sa poche une demi-couronne (1), la lui donna pour acheter des bas et des souliers, et continua son chemin.

Jack n'était pas étranger à l'usage de l'argent, parce qu'il avait été souvent envoyé au village voisin pour acheter du pain et tout ce qui était nécessaire ; mais il était entièrement étranger à l'usage des bas et des souliers qu'il n'avait jamais portés de sa vie, et dont il n'avait point senti le besoin. Le lendemain, cependant, le vieillard lui ordonna d'aller à la ville, et d'y employer l'argent selon les désirs de la dame ; car il avait trop d'honneur pour vouloir désobéir à ses volontés, ou pour permettre que l'argent fût employé à un tout autre usage. Jack fut bientôt de retour, et le vieillard ne fut pas peu surpris en le voyant revenir comme il était parti. « Eh bien, Jack, lui dit-il, où sont les souliers et les bas que vous deviez acheter ?

____

(1) Une demi-couronne vaut trois francs de notre monnaie.

« Papa, répondit Jack, j'ai été chez le marchand, j'en ai essayé une paire, mais je les ai trouvés si gênans, que je ne pouvais marcher, et que je ne voudrais pas en porter, lors même que la dame me donnerait encore une demi-couronne. Ainsi, j'ai employé l'argent à l'achat d'une veste bien chaude pour vous, parce que l'hiver approche et que vous paraissez plus craindre le froid qu'auparavant. »

Jack montra ainsi dans sa conduite plusieurs traits d'après lesquels il était facile d'apercevoir qu'il avait un excellent cœur et une âme généreuse. Il y avait pourtant un défaut auquel Jack était assez enclin : quoiqu'il eût un très-bon naturel, il était un peu trop jaloux de son honneur. Son père lui avait appris à se servir de ses bras et de ses jambes, et Jack avait de telles dispositions pour boxer, qu'il n'y avait pas dans tout le voisinage un enfant de son âge qui fût capable de lui résister. Lors même qu'il

avait affaire à des enfans plus grands que
lui de toute la tête, il ne faisait pas attention à cette différence aussitôt qu'on
disait quelque chose qui blessait son honneur. Un jour qu'il avait été envoyé au
village, il en revint avec les yeux tout
noirs et la figure enflée d'une manière
effrayante : ce n'était même qu'avec une
grande difficulté qu'il pouvait marcher,
tant il était malade des coups qu'il avait
reçus.

« Jack, qu'avez-vous fait ? lui dit le
vieillard. — Rien, mon père ; je me suis
battu avec Dick, le boucher. — Petit
drôle, reprit le vieillard, il est deux fois
gros comme vous, et le meilleur boxeur
de tout le pays. — Qu'est-ce que cela
fait ? dit Jack ; il vous a appelé vieux
mendiant, et alors je l'ai frappé, et je
ferai de même toutes les fois qu'il vous
donnera ce nom, dût-il me mettre en
pièces ; car, enfin, vous savez bien,
papa, que vous n'êtes point un mendiant,
mais un vieux soldat. »

Le petit Jack vécut de cette manière jusqu'à l'âge de douze ans; à cette époque, son pauvre père tomba malade et devint incapable d'agir. Jack fit tout ce qu'il put imaginer pour soulager le pauvre vieillard; il lui préparait des bouillons, lui donnait lui-même sa nourriture, et veillait toutes les nuits auprès de son lit, soutenant sa tête, et l'aidant lorsqu'il avait besoin de se remuer. Mais tout cela fut inutile, son pauvre père devint de jour en jour plus malade, et s'aperçut enfin qu'il ne pouvait plus en réchapper. Un jour donc il appela le petit Jack auprès de son lit, et, lui serrant affectueusement la main, il lui dit qu'il allait mourir. A cette nouvelle, Jack fondit en larmes; mais son père l'engagea à se calmer et à écouter attentivement les derniers conseils qu'il pouvait lui donner.

« J'ai vécu, dit le vieillard, bien des années dans la pauvreté; je ne crois cependant pas avoir été moins honnête que j'aurais pu l'être au sein de l'opulence;

j'ai même évité beaucoup de fautes et de chagrins que peut-être il m'aurait été impossible de fuir dans toute autre situation. Quoique j'aye souvent manqué de nourriture, et que j'aye toujours eu beaucoup de peine à m'en procurer, ma santé a été aussi bonne, et ma vie aussi longue, que celles dont jouissent ordinairement les gens plus fortunés que moi. Maintenant je vais mourir, je le sens, mon âme est prête à s'échapper. Lorsque je ne serai plus, on me mettra en terre, et votre pauvre père deviendra la pâture des vers. » A ces paroles, Jack ne put retenir ses pleurs et ses sanglots ; mais le vieillard lui dit : « Calmez-vous, mon enfant, je vais bientôt quitter ce monde, mais comme j'ai toujours été d'une probité invariable, et que je me suis toujours efforcé de bien remplir mes devoirs, je ne doute pas que Dieu ne prenne pitié de moi et ne me place dans un lieu où je serai beaucoup plus heureux que je n'ai été ici bas.

Je vous l'ai toujours dit, et cette espérance est ma plus grande consolation à mes derniers momens. Le seul regret que j'éprouve est à cause de vous, mon cher enfant, de vous que je laisse sans ressource ; mais vous êtes grand, vigoureux, et déjà capable de gagner votre vie. Aussitôt que je serai mort, vous irez au village dire qu'on vienne m'enterrer ; après cela, vous tâcherez d'entrer au service et de travailler pour vivre. Si vous êtes honnête et sage, je ne doute pas que vous ne trouviez une bonne condition ; et Dieu, qui est le père de tous les hommes, vous protégera et vous bénira. Adieu, mon enfant, je sens mes forces s'évanouir peu à peu ; n'oubliez jamais votre pauvre père, ni l'exemple qu'il vous a laissé, et dans quelque situation que vous puissiez vous trouver, remplissez bien vos devoirs et comportez-vous toujours comme un bon soldat et un bon chrétien. »

Après que le vieillard eut prononcé avec peine ces dernières instructions, sa voix s'éteignit entièrement, ses jambes devinrent froides, se roidirent, et quelques minutes après il expira sans pousser le moindre soupir. Le petit Jack, attaché sur le corps de son père, et poussant des cris lamentables, l'appela vainement, et vainement s'efforça de le rendre à la vie. Enfin, il se dépouille de ses habits, entre dans le lit du vieillard, et cherche pendant quelque temps à le ranimer par la chaleur de son corps; mais voyant tous ses efforts inutiles, il en conclut que son père était réellement mort. Alors il versa un torrent de larmes, se rhabilla et se rendit au village, d'après l'ordre qu'il en avait reçu.

Le pauvre petit enfant se trouvait ainsi entièrement abandonné ; mais un fermier, qui l'avait connu auparavant, lui offrit de le prendre chez lui et de le nourrir pendant plusieurs mois, en attendant qu'il pût trouver une place.

Jack accepta cette offre avec reconnaissance et le servit avec zéle ; pendant ce
temps il apprit à traire, à conduire la char-
rue, et ne se refusa jamais à aucune espèce
de travail dont il était capable. Mais, par
malheur , le bon fermier s'étant trop
échauffé aux travaux de la moisson, fut
atteint d'une fièvre et mourut au commencement de l'hiver.

Sa femme se vit obligée de renvoyer
ses domestiques, et Jack se trouva de
nouveau lancé dans le monde, n'ayant
sur lui que ses habits, et dans sa poche,
un schelling (1), dont sa bonne maîtresse
lui avait fait présent. Jack fut très-affligé
de la perte de son maître ; mais il était
devenu plus fort, plus robuste, et il
pensa qu'il ne lui serait pas difficile de
trouver de l'occupation. Il se mit donc
en voyage, marchant tout le jour et s'ar-
rêtant à chaque ferme pour demander de
l'ouvrage.

---

(2) Le schelling vaut un franc vingt centimes.

Ses tentatives ne furent pas très-heureuses, car personne ne se souciait d'employer un inconnu, et quoiqu'il vécût avec la plus grande économie, il se vit bientôt réduit à l'état le plus affreux où il se fût jamais trouvé, n'ayant pas un liard dans sa poche ni un morceau de pain à manger. Cependant Jack n'était pas d'un caractère à se laisser facilement abattre; il marcha avec courage pendant tout le jour; mais sur le soir il fut surpris par un violent orage, et mouillé jusqu'à la peau avant qu'il eût pu trouver un buisson pour s'abriter. Alors le pauvre Jack commença à penser à son vieux père, et aux plaisirs qu'il avait goûtés jadis à la campagne, où il trouvait toujours une cabane pour abri et un morceau de pain pour nourriture. Mais pleurer et se plaindre étaient alors choses fort inutiles, aussi dès que l'orage fut apaisé, il se remit en route, dans l'espoir de tronver quelque grange ou quelque hangard où il pût se glisser et passer le reste de la nuit.

Tandis qu'il errait ainsi à l'aventure, il aperçut, à quelque distance, une grande lumière qui paraissait produite par un feu extrêmement vif. Jack ne savait trop ce que c'était, mais dans l'état où il se trouvait, il pensa que le feu ne pouvait pas être une chose désagréable, et il résolut d'en approcher. Lorsqu'il fut un peu plus près, il vit un grand bâtiment qui semblait jeter le feu et la fumée par différentes ouvertures, et il entendit un bruit continuel de marteaux et un fracas de chaînes. Jack fut d'abord un peu effrayé; mais, rappelant tout son courage, il s'approcha avec précaution du bâtiment, et, regardant à travers une fente, il aperçut plusieurs hommes et plusieurs enfans occupés à souffler le feu et à façonner des masses de fer rougi. Dans la triste situation où il se trouvait, cette vue était bien consolante pour lui; c'est pourquoi, trouvant une porte entr'ouverte, il entra et se plaça aussi près qu'il put d'un fourneau allumé.

Il n'y fut pas long-temps sans être découvert par l'un des ouvriers, qui lui demanda fort séchement ce qu'il avait à faire là. Jack, d'une voix tremblante, répondit qu'il était un pauvre enfant qui cherchait de l'ouvrage, qu'il n'avait rien mangé de toute la journée, et que la pluie l'avait mouillé jusqu'à la peau, comme on pouvait s'en convaincre en regardant ses habits. Par bonheur, l'homme auquel il parlait n'était pas méchant, et non-seulement il lui permit de rester auprès du feu, mais encore il lui donna quelques restes de viande pour son souper. Après cela, Jack se coucha dans un coin, et dormit sans interruption jusqu'au matin.

Le jour suivant, il était à peine éveillé lorsque le maître de la forge vint visiter ses ouvriers; celui-ci ayant aperçu Jack et entendu son histoire, commença par lui faire des reproches comme à un mauvais sujet, un vagabond, et lui demanda pourquoi il ne cherchait pas à travailler pour vivre. Jack lui assura que c'était ce qu'il désirait le plus vivement, et que s'il voulait bien l'employer, il n'y avait rien qu'il ne fît pour gagner sa vie. « Eh bien, mon garçon, dit alors le maître, nous allons bientôt vous mettre à l'épreuve ; personne ici ne manque de rien. » Et, appelant le chef des ouvriers, il lui ordonna de mettre cet enfant à l'ouvrage, et de le payer selon qu'il le mériterait. Jack se regarda alors comme parfaitement heureux ; il travailla avec tant d'assiduité, qu'il gagna bientôt une bonne paye et acquit l'estime de son maître. Malheureusement il n'était pas assez réservé dans ses paroles, et il raconta l'histoire de son enfance et de son éducation. Cela devint un grand sujet de divertissement pour les autres enfans de la forge, qui, toutes les fois qu'ils voulaient se moquer de lui, l'appelaient Jack le petit mendiant, et imitaient avec leur voix le bêlement de la chèvre. Ces plaisanteries étaient trop fortes pour son caractère irascible, et il ne manqua jamais de s'en

fâcher; ainsi, il se trouvait engagé dans
des querelles et des combats continuels
qui mettaient le trouble dans la maison;
et son maître, qui du reste était fort satisfait de sa conduite, commença à craindre d'être obligé de le renvoyer.

Il arriva un jour qu'une nombreuse
société de Messieurs et de Dames entrèrent pour visiter les ouvrages. Le maître
les accompagnait et leur expliquait avec
la plus grande politesse tous les détails de
sa manufacture. Les étrangers ne virent
pas sans étonnement les différens procédés à l'aide desquels le fer, ce métal si
utile, si nécessaire, est approprié aux
besoins des hommes. Ils examinèrent les
fourneaux dans lesquels il est mis en fu-
sion pour le dégager des corps étrangers
qui se mêlent avec lui dans le sein de la
terre, et d'où il tombe liquide et comme
en torrens de feu. Ils virent aussi, avec
un égal plaisir, ces énormes marteaux
qui, mis en mouvement par la force de
l'eau, donnent au fer la forme de longues
barres massives, qui sont ensuite em-

ployés à l'usage de l'homme. Tandis qu'ils étaient occupés à considérer ces divers procédés, ils furent effrayés tout à coup par le bruit d'une querelle qui se fit entendre dehors et de l'autre côté du logis. Le maître en ayant demandé la cause, on lui répondit que c'était encore le petit Jack qui se battait avec Tom, le charbonnier. « Nous ne pourrons avoir la paix dans la forge, s'écria-t-il alors en colère, tant que ce petit drôle y sera; qu'on me le fasse venir, et je vais le renvoyer sur-le-champ. » Dans ce moment, Jack parut tout couvert de sang et de poussière, et se présenta devant son juge irrité dans une attitude modeste, mais décidée. « Audacieux petit vagabond, s'écria le maître, est-ce-là la récompense de toutes mes bontés pour vous? vous ne pouvez donc vous empêcher un seul instant de vous quereller et de vous battre? Quant à moi, je suis décidé à ne pas le souffrir plus long-temps, et dès ce moment vous ne donnerez plus un seul coup de marteau à mon service. — Monsieur, répondit Jack d'un air modeste et ferme en même temps, je suis extrêmement fâché de vous avoir désobligé; depuis que je suis ici je ne l'ai jamais fait volontiers, et si les autres enfans avaient voulu s'occuper de leur travail, comme je m'occupe du mien, et ne pas me molester, vous ne seriez pas fâché maintenant, car je les défie tous de dire si, depuis que je suis dans la maison, j'ai provoqué aucun d'eux, et si lorsqu'on m'a commandé quelque chose, je ne l'ai pas fait avec le plus grand zèle et la plus grande activité. — En conscience, c'est vrai, dit le contre-maître, et je dois rendre au petit Jack la justice de dire que, dans tout le pays, il n'y a pas un garçon plus honnête, plus sobre et plus intelligent. A quelque chose qu'on l'employe, jamais il ne se refuse, jamais il ne murmure, jamais il ne gâte son ouvrage, et si ce n'était son esprit un peu querelleur et emporté, je ne crois pas qu'il y eût son égal dans toute l'Angleterre. — Fort bien, dit le maître un peu radouci, mais quelle est la cause de ce nouveau désordre ? — Monsieur, répondit Jack, c'est Tom qui est venu m'injurier en me disant que mon père était un mendiant, ma mère une méchante chèvre, et lorsque je l'ai prié de rester tranquille, il s'est mis à bêler par toute la maison ; je n'ai pu supporter cela, car mon pauvre père n'était autre chose qu'un honnête soldat, et si j'ai sucé le lait d'une chèvre, cette chèvre était la meilleure créature qu'il y eût au monde, et tant qu'il me restera un peu de force, je ne souffrirai point qu'on l'injurie. » A cette harangue, tous les spectateurs eurent peine à s'empêcher de rire, et le maître, plus calme, dit à Jack de se remettre à l'ouvrage, et menaça les autres enfans de les punir s'ils le dérangeaient encore.

Mais une dame de la compagnie parut s'intéresser au petit Jack d'une manière particulière, et après avoir appris son histoire, elle dit qu'assurément ce devait être le même enfant qui, quelques années auparavant, ouvrait la barrière près de Norcot-Moor. Il me souvient, dit-elle, d'avoir été frappée de sa bonne mine, et de l'avoir entendu déplorer la perte de la chèvre qui l'avait nourri. Son histoire me toucha beaucoup, et puisqu'il s'est acquis une si bonne réputation, si vous voulez vous en défaire, je le prendrai de suite à mon service.

Le maître répondit que pour obliger une aussi bonne dame, il se séparerait volontiers du petit Jack; qu'en effet cet enfant méritait tous les éloges qu'on lui avait donnés, mais que, comme les autres avaient pris l'habitude de le tourmenter, et que Jack était d'un caractère si peu endurant, il désespérait de pouvoir jamais éteindre leurs animosités. Jack fut alors appelé, on lui fit part des propositions de la dame, il les accepta avec le plus grand empressement, et il fut aussitôt conduit à sa maison.

Jack se trouvait alors dans un monde tout nouveau. Sa figure fut lavée, ses cheveux bien peignés, on l'habilla de neuf, de sorte qu'il parut alors un fort vif et fort gentil garçon. Ses fonctions étaient de servir dans l'écurie, d'abreuver les chevaux, de soigner leurs pieds, de faire des courses, et de remplir toutes les commissions de la famille.

Bientôt il s'acquitta de ces devoirs à la satisfaction de tout le monde. Il était infatigable pour faire ce qu'on lui avait ordonné; jamais il ne murmurait, jamais il ne témoignait de l'humeur; enfin il se montra si doux et si bon dans ses manières, que chacun s'étonnait qu'il eût pu s'attirer la réputation de querelleur. En peu de temps il devint le domestique favori de toute la famille; on ne lui parlait qu'avec douceur, on l'appelait le petit soldat, et Jack était toujours à la disposition de tout le monde.

Jack avait un faible, une sorte de vanité ; dans ses momens de loisir, il s'amusait à prendre une fourche en guise de fusil, à la charger avec une petite baguette, et à se placer en sentinelle à la porte de l'écurie.

Un autre penchant qu'il découvrit alors en lui, était un amour extrême pour les chevaux. Dès le moment qu'il fut installé dans l'écurie, il s'attacha si fortement à ces animaux, que vous l'eussiez cru de la même espèce qu'eux, ou tout au moins d'une espèce très-rapprochée. Il n'était jamais las de les bouchonner et de les étriller ; le cocher n'avait presque pas d'autre occupation que de se tenir sur son siége ; tous les soins de l'écurie étaient confiés au petit Jack, et jamais on ne le vit en négliger la moindre partie. Mais ce qui l'amusait par dessus tout, c'était d'accompagner quelquefois sa maîtresse sur un petit cheval qu'il maniait avec une adresse admirable.

Jack avait aussi de grandes dispositions pour tous les arts mécaniques. Il avait déjà fait un apprentissage dans la manufacture de fer, et il avait autant de vanité de ses connaissances dans cette partie, que de son habileté dans l'art militaire. Comme il commençait à mieux connaître le monde, il vit bien que sans le fer il était impossible de rien faire. Comment travailler la terre, disait-il, comment cultiver un jardin, allumer le feu, préparer un dîner, chausser un cheval, ou faire la moindre chose, si nous autres forgerons ne prenons la peine de préparer des instrumens? C'est ainsi que Jack discourait quelquefois sur la dignité et l'importance de sa profession, au grand ravissement de tous les autres domestiques. Ces idées devaient naturellement inspirer à Jack une grande estime pour l'état de forgeron, et dans les fréquentes visites qu'il était obligé de faire à la forge avec ses chevaux, il apprit à attacher un fer avec autant d'adresse qu'aucun ouvrier dans tout le pays.

Mais les talens de Jack n'étaient point limités dans l'enceinte d'une manufacture de fer. Son amour pour les chevaux était si grand, et il avait tant de zèle pour tout ce qui pouvait avoir rapport à eux, qu'il ne fut pas long-temps sans acquérir des connaissances suffisantes dans l'art du sellier.

Jack observait aussi les charpentiers lorsqu'ils étaient à l'ouvrage, et quelquefois, à la dérobée, il essayait de se servir de leurs instrumens : il réussit dans cette tentative comme dans toutes les autres, de sorte que tout le monde le regardait comme un garçon rempli de talens et d'activité.

Dans la famille auprès de laquelle Jack vivait alors, se trouvait un jeune gentilhomme, neveu de sa maîtresse, et qui, ayant perdu ses parens, était resté à la charge de sa tante. Comme M. Willets était un peu plus jeune que Jack et doué d'un excellent naturel, il eut bientôt fait connaissance avec lui, et se plut beaucoup à sa compagnie.

Il est vrai de dire que Jack n'était pas indigne de cette attention, car bien qu'il ne pût pas se prévaloir des avantages d'une bonne éducation, sa conduite était entièrement exempte des vices auxquels les gens des basses classes du peuple sont souvent sujets. On ne l'entendit jamais jurer ou s'exprimer avec indécence : poli et respectueux envers ses supérieurs, il était toujours bon avec ses égaux. Quant aux animaux confiés à ses soins, non-seulement il se gardait de les maltraiter, mais encore il ne se lassait jamais de faire tout ce qui pouvait contribuer à leur bien-être. De plus, il était sobre, modéré, courageux, et méprisait le mensonge autant que qui que ce fût. M. Willets aimait beaucoup à jouer à la crosse et à la balle avec Jack, qui était très-adroit dans ces deux genres d'exercices. Il avait aussi un petit cheval dont Jack prenait soin ; et non content de cela, celui-ci avait coutume, à ses heures de loisir, de le monter avec tant de soin et d'habileté, qu'en peu de temps il en fit l'animal le plus gentil et le plus docile qu'il y eût dans toute la contrée. Ce talent, Jack l'avait acquis en partie par sa propre expérience, et en partie en observant, avec beaucoup d'attention, un écuyer ambulant qui était venu depuis peu donner quelques représentations dans le voisinage. Jack l'avait suivi avec tant d'empressement, il avait si bien employé son temps, qu'il parvint à imiter tout ce qu'il avait vu faire, et il avait coutume d'amuser les domestiques et son jeune maître en jouant devant eux *le Voyage du Tailleur à Brentford*.

Le jeune Willets avait un maître qui venait habituellement trois fois par semaine lui enseigner le calcul, l'écriture et la géographie; Jack restait dans la chambre pendant les leçons, et faisait, selon son usage, tant d'attention à tout ce qui se passait, qu'il en retira de grands avantages pour son instruction.

4

Il avait alors quelque peu d'argent ; il en employa une partie à acheter des plumes, du papier, une ardoise ; et le soir il s'amusait à imiter ce qu'il avait vu pendant la journée. Son jeune maître, qui commençait à lui être sincèrement attaché, voyant qu'il était si avide d'instruction, s'efforçait toujours, sous quelque prétexte, de le garder auprès de lui pendant qu'il prenait des leçons.

Jack passa ainsi plusieurs années, menant une vie fort agréable et remplissant ses devoirs à la grande satisfaction de sa maîtresse.

Un accident malheureux vint à la fin troubler cette tranquillité. M. Willets reçut la visite d'un jeune gentilhomme qui, élevé en France et parmi le grand monde de Londres, avait un goût extrême pour la parure et un souverain mépris pour tout ce qui était au-dessous de lui.

Son costume était aussi bizarre que ses manières ; il passait la moitié de son temps à ajuster sa coiffure, portait une grande bourse attachée à ses cheveux, et se promenait quelquefois près d'une demi-heure d'un air fier et orgueilleux, ayant son chapeau sous le bras et une petite épée au côté.

Ce jeune homme (comme je l'ai déjà dit) avait pour tous ceux qui étaient au-dessous de lui un mépris extrême qu'il ne cherchait point à cacher ; aussi dès qu'il eut appris l'histoire de Jack, à peine put-il souffrir de se trouver dans le même appartement que lui.

Jack s'aperçut bientôt de l'aversion de l'étranger, et d'abord il s'efforça de la vaincre par toutes sortes de politesses ; mais dès qu'il vit qu'il ne gagnait rien par tant de soumission, son caractère naturellement fier s'irrita, et autant qu'il pouvait l'oser, il montra tout le ressentiment qu'il éprouvait.

Il arriva un jour que Jack, après avoir éprouvé un traitement humiliant de la part de ce jeune homme, se promenait sur la route lorsqu'il rencontra un charlatan qui revenait d'une foire voisine avec quelques animaux dans une charrette. Parmi eux était un singe de moyenne taille, qui, n'étant point renfermé comme les autres, faisait une infinité de tours grotesques, et tant de gambades qu'il attira toute l'attention de Jack et l'amusa beaucoup ; car celui-ci avait toujours eu un grand faible pour toute espèce de drôleries. Après quelques questions et une assez longue conversation, le charlatan, qui probablement voulait se débarrasser de son singe, proposa à Jack de l'acheter pour une demi-couronne. Jack ne put résister au désir de se voir possesseur d'un animal si drôle et si divertissant ; en conséquence il accepta le marché. Mais dès qu'il se trouva seul avec son acquisition, qu'il tirait par une chaîne, il commença à se repentir de sa préci pitation, et ne sut trop comment faire. Toutefois, comme il n'y avait point de remède, Jack porta soigneusement le singe à la maison, et le mit en sûreté dans un appartement qui n'était employé à aucun usage. Là il le garda plusieurs jours sans accident, et lui rendit de fréquentes visites pendant ses heures de loisir, lui apportant des pommes, des noisettes, ou tout autre présent qu'il avait pu se procurer. Parmi les tours que le singe avait appris à faire, il savait, au commandement, se dresser sur ses jambes de derrière, et saluer la compagnie avec la plus grande politesse. Jack, découvrant ces talens en son ami, ne put résister à la tentation de les faire servir à son ressentiment.

Un jour donc il se procura un peu de farine, en poudra la tête de son singe, lui attacha derrière le cou une grande bourse de papier, lui mit un vieux chapeau sous le bras, et lui plaça une brochette de fer au côté, en guise d'épée ;

4*

après l'avoir ainsi accoutré , il le sortit de sa retraite avec une grande satisfaction , l'appelant *Monsieur* , et lui adressant quelques mots de français qu'il avait retenus de la conversation du visiteur.

Il arriva , malheureusement , qu'au même instant le jeune gentilhomme vint à passer : au premier coup-d'œil il reconnut aussitôt sa prétendue copie et toute la malice du petit Jack , qui tirait le singe par la chaîne et lui commandait de tenir la tête haute et de se donner les airs d'une personne de qualité.

A cette vue, la fureur s'empara de l'esprit du jeune homme , qui , tirant l'épée qu'il avait alors sur lui , courut sur le pauvre singe , lui porta un coup terrible , et l'étendit mort sur la place. Il serait difficile de dire ce qu'il aurait fait après cela, mais Jack, qui n'était pas d'un caractère à voir tranquillement un semblable outrage fait à un animal qu'il regardait comme son ami, se précipita sur lui comme un furieux, et lui arrachant l'épée des mains, la mit en mille pièces.

Dans ce démêlé, le jeune gentil-homme lui-même fut renversé par terre, et sa chute, quoiqu'elle ne lui fît aucun mal physique, gâta tous ses habits et détruisit entièrement l'arrangement de sa toilette. Au même instant, la Dame elle-même, qui avait entendu le bruit, accourut ; l'emportement du pauvre Jack était trop évident pour qu'il pût être excusé ; cependant, il se montra fort soumis à sa maîtresse, qu'il était désolé d'avoir offensée ; mais lorsqu'on lui ordonna de faire des excuses au jeune gentil-homme, comme la seule condition à laquelle il pût rester dans la famille, Jack s'y refusa obstinément. Toutefois, il avoua qu'il était très-blâmable d'avoir montré du ressentiment pour les insultes qu'il avait reçues, et de s'être efforcé de jeter du ridicule sur une personne de la société de sa maîtresse, mais que quant à ce qu'il avait fait pour la défense de son ami le singe, il n'y avait pas de raisonnement au monde qui pût lui démontrer qu'il avait mérité le moindre reproche, et qu'il ne ferait pas de soumission au roi lui-même. Cette malheureuse obstination fut cause qu'on le renvoya, au grand regret de sa maîtresse et sur-tout de M. Willets. Jack rassembla donc ses vêtemens, en fit un paquet, serra la main à tous ses compagnons de service, reçut les adieux affectueux de son bon maître, et sortit encore une fois pour recommencer ses voyages.

Il n'y avait pas long-temps qu'il était en marche, lorsqu'il arriva dans une ville où une troupe de soldats faisait battre le tambour pour enrôler des volontaires. Jack se mêla dans la foule qui entourait le sergent recruteur, et prit un grand plaisir à écouter le son des fifres et des tambours ; bientôt il ne put s'empêcher de lever machinalement la tête et de marcher d'un air qui prouvait que le métier ne lui était pas entièrement étranger. Le sergent eut connaissance du mouvement de Jack, et voyant en lui un jeune homme qui paraissait vigoureux, il s'avança, lui frappa sur l'épaule et lui demanda s'il voulait s'engager. « Vous êtes un brave garçon, lui dit-il, je vois cela dans vos yeux; venez avec nous, et je ne doute pas que dans quelques semaines vous ne soyez aussi bon soldat que ceux qui servent depuis plusieurs années. »

Jack ne répondit à cette invitation qu'en relevant sa baguette, retroussant fièrement son chapeau et exécutant toutes les manœuvres de l'exercice. « Merveilleux ! en vérité, s'écria le sergent, je vois que vous avez déjà été à l'armée, et que vous pourrez faire feu aussi bien qu'aucun de nous ; mais venez, mon brave garçon, vous vivrez bien, vous aurez peu de chose à faire, mais toujours vous combattrez pour votre pays et votre roi, comme doit faire un bon soldat, et dans peu de temps je suis persuadé que je vous verrai capitaine ou bien au faîte de la puissance et au sein des richesses que vous aurez ramassées des dépouilles des ennemis. — Non ; capitaine, répondit Jack, il n'en peut être ainsi : pourquoi tromper les voyageurs ? Je sais ce à quoi je dois m'attendre en m'enrôlant ; je sais qu'il me faudra coucher durement, être mal nourri, exposer mes jambes et ma vie à toute heure du jour, et, par dessus le marché, être quelquefois cruellement bâtonné. — Oh, oh ! s'écria le sergent, où diable ce petit drôle prend-il tout cela ? ce serait assez pour faire déserter toute une compagnie. — Non, répondit Jack, vos soldats ne déserteront jamais à cause de moi, car, quoique je pense ce que je vous ai dit, comme je me trouve actuellement sans emploi, et que j'ai la plus grande vénération pour le noble caractère de soldat, je vais m'enrôler de suite dans votre régiment. — Excellent garçon ! sur ma parole, dit le sergent. Voilà, mon enfant, voilà votre argent et votre cocarde. » Et il s'empressa de donner l'un et l'autre, de peur que sa recrue ne changeât de résolution. Ainsi, dans l'espace d'un moment, le petit Jack fut fait soldat.

Il avait à peine eu le temps de s'habituer à son nouveau costume, qu'il fut obligé de s'embarquer pour l'Inde, en qualité de marin. Ce genre de vie était entièrement nouveau pour Jack ; mais son activité habituelle et son esprit d'observation ne l'abandonnèrent point dans cette circonstance, de sorte que quelques semaines après qu'il eut été embarqué, il acquit parfaitement toutes les connaissances d'un matelot, et en cela ne le cédait à aucun autre de son bord. Le vaisseau sur lequel il se trouvait s'arrêta aux îles de Cormo, pour y prendre du bois et de l'eau ; ce sont de petites îles situées près de la côte d'Afrique et habitées par des noirs. Jack descendait souvent sur le rivage, et suivait les officiers dans leurs parties de chasse, pour porter la poudre, le plomb et le gibier qu'ils avaient tué.

Le pays est rempli de montagnes très-élevées et couvertes d'arbres et d'arbrisseaux de différentes espèces, qui ne perdent jamais leur feuillage à cause de la chaleur continuelle du climat. Il est souvent très-difficile de s'y frayer un chemin, et les montagnes elles-mêmes renferment beaucoup de précipices.

Il arriva que l'un des officiers que Jack avait suivis dans une partie de chasse, visa un gros oiseau et le tua; mais celui-ci tomba dans une profonde vallée et sur des rochers où il était impossible de descendre. Ils désespéraient d'avoir leur proie lorsque Jack, avec un officieux empressement, courut vers le côté le plus uni de la montagne, pensant faire un circuit et parvenir ainsi dans la vallée où l'oiseau était tombé. Il partit donc; mais comme il ne connaissait pas du tout le pays, en peu de temps il s'enfonça si avant dans le bois, qui devenait de plus en plus épais, qu'il ne sut bientôt plus quel chemin prendre.

Il jugea alors beaucoup plus prudent de revenir sur ses pas, mais ce n'était pas moins difficile que de continuer sa route; il erra ainsi tout le jour dans le bois avec une extrême difficulté, sans pouvoir ni retrouver son compagnon, ni parvenir sur le rivage, ni même apercevoir la mer. La nuit approchait, et Jack, pensant bien qu'il était impossible de trouver pendant les ténèbres ce qu'il avait inutilement cherché tout le jour, se coucha au pied d'un rocher, et chercha à dormir le mieux qu'il lui était possible.

Le lendemain, il se leva avec le jour, et essaya encore de regagner le rivage; mais malheureusement il avait perdu la direction qu'il fallait prendre, et il ne vit autour de lui que des forêts., des montagnes, des précipices affreux, et pas un guide, pas un sentier qui pussent le conduire.

Jack commença alors à ressentir une grande faim, mais comme il avait un

fusil de chasse, de la poudre et du
plomb, il se procura bientôt un repas,
et ayant allumé du feu avec des feuilles
sèches et des broussailles, il fit rôtir son
gibier sur la braise, et dîna aussi bien
qu'il était possible dans une si triste situation. Se trouvant bien remis après ce repas, il continua sa route, mais avec aussi
peu de succès qu'auparavant.

Le troisième jour, enfin, il parvint
à découvrir la mer, mais il s'aperçut
qu'il était d'un côté de l'île différent de
celui où il avait laissé le vaisseau ; et ni
vaisseau ni chaloupe ne s'offrirent à sa
vue.

Jack perdit alors tout espoir de re-
joindre ses camarades, car il savait que
le navire devait mettre à la voile le troisième jour au plus tard, et qu'il ne l'at-
tendrait pas.

Il s'assit donc tout pensif sur un rocher,
et jeta ses regards sur la vaste étendue
de l'Océan qui se déployait devant lui.
Il se voyait alors abandonné dans un pays

étranger, sans amis, sans connaissance, sans personne qui parlât la même langue que lui. Il voulait d'abord chercher les naturels du pays et leur faire connaître sa déplorable situation, mais bientôt il commença à concevoir quelques craintes sur la réception qu'il pourrait trouver parmi eux. Sa société (pensait-il en lui-même) pourrait bien ne pas leur être agréable, ils pourraient bien aussi prendre la liberté de le traiter comme les blancs traitent généralement les noirs, lorsque ceux-ci viennent en leur possession, c'est-à-dire, l'accabler de travail, lui donner peu de nourriture, et le frapper sur la tête, s'il cherchait jamais à s'échapper. « Ainsi donc, s'écria Jack au milieu de ses méditations solitaires, il vaut mieux peut-être, pour moi, rester tranquille là où je suis. Il est vrai que je n'aurai point une nombreuse compagnie avec qui je puisse parler, mais aussi je n'aurai personne pour se quereller avec moi, pour imiter les bêlemens de maman, et se moquer de mon pauvre père. Je ne vois pas non plus comment je ferai pour vivre lorsque ma poudre et mon plomb seront entièrement employés ; cependant il me paraît difficile de mourir de faim, car j'aperçois, dans les bois, des fruits de différentes espèces, et des racines qui ressemblent parfaitement à des carottes. Quant aux vêtemens, lorsque les miens seront usés, je n'aurai pas besoin d'en chercher d'autres, car le temps est d'une douceur charmante ; ainsi, tout bien considéré, je ne vois pas pourquoi je ne serais pas aussi heureux ici que dans tout autre endroit. »

Lorsque Jack eut fini sa harangue, il se mit en devoir de chercher un logement pour la nuit. Après quelques recherches, il trouva une caverne creusée dans le roc ; elle n'était point humide et paraissait offrir une agréable résidence. Jack se mit aussitôt à l'ouvrage, et à l'aide d'une hache qu'il avait avec lui, il coupa des branches d'arbre, les étendit par terre, les recouvrit d'une espèce d'herbe longue et molle qu'il avait trouvée en abondance non loin de là, et se dressa un lit. Son premier soin, après cela, fut de se mettre à l'abri en cas d'attaque, car il ne savait pas si l'île contenait des bêtes sauvages, ou si elle en était exempte. En conséquence, il coupa des branches d'arbre et en fit un ouvrage très-serré et semblable aux claies qu'il avait vu tresser lorsqu'il était chez le fermier. Au moyen de cette invention, il put barricader d'une manière sûre l'entrée de sa caverne. La nuit approchait, Jack commença à ressentir la faim, et ayant cherché sur le bord du rivage, il trouva des coquillages qui lui fournirent un abondant repas.

Le lendemain, Jack se leva, un peu triste à la vérité, mais bien résolu de résister en homme aux difficultés de sa situation. Il s'avança dans la forêt et trouva des mûres et des fruits de diverses espèces ; comme les oiseaux les avaient déjà béquetés, il se hasarda à les goûter, et leur trouva une saveur agréable. Il arracha

aussi un grand nombre de racines différentes ; mais il n'osa point les goûter,
craignant qu'elles ne fussent vénéneuses.
Enfin il en choisit une qui ressemblait
beaucoup à la pomme-de-terre, la fit
cuire dans les cendres chaudes, et se dé-
termina à en goûter une très-petite partie. Il serait difficile, se dit-il en lui-même,
que cette substance pût me nuire en si
petite quantité ; et si je m'en trouve bien,
j'augmenterai la dose. La racine était heureusement très-saine et très-nourrissante,
aussi Jack se vit-il en peu de temps presque assuré contre le danger de manquer
de nourriture. De cette manière Jack
mena, pendant quelques mois, un genre
de vie sauvage, mais passablement heureux ; et durant ce temps il jouit d'une
santé parfaite, et ne fut jamais découvert
par aucun naturel du pays. Il avait coutume d'aller plusieurs fois le jour sur le
rivage, dans l'espoir de découvrir près
de là quelque vaisseau qui pût le retirer
de sa prison solitaire.

Cet heureux moment arriva enfin; la chaloupe d'un vaisseau anglais, qui faisait voile pour l'Inde, vint toucher le rivage, Jack salua aussitôt l'équipage, et l'officier ayant entendu son histoire, consentit à le recevoir; le capitaine aussi, voyant bientôt que Jack n'était pas du tout un matelot à dédaigner, lui accorda volontiers le passage, et lui promit même une gratification, s'il se comportait bien.

Jack arriva dans l'Inde sans aucun accident, et ayant raconté son histoire, on lui permit de servir dans un autre régiment, attendu que le sien n'était plus là. Il se distingua bientôt, en différentes occasions, par son courage, sa bonne conduite, et peu de temps après il fut promu au grade de sergent. C'est en cette qualité qu'il fut compris dans une expédition dans les parties éloignées de ce pays. La petite armée dans laquelle il servait marcha, pendant plusieurs semaines, dans un climat brûlant, dépourvue des choses les plus nécessaires à la vie.

Enfin ils entrèrent dans de vastes plaines qui bordaient le pays célébre des Tartares. Jack était parfaitement instruit de l'histoire de ce peuple, ainsi que de sa manière de combattre.

Il savait que les Tartares sont les meilleurs cavaliers du monde ; infatigables dans leurs attaques, quoique repoussés revenant toujours à la charge, et ne se laissant point attaquer impunément. Il prit donc la liberté de représenter à quelques officiers, que rien n'était plus dangereux que de s'engager témérairement dans ces plaines immenses, où ils étaient exposés à tout moment aux attaques de la cavalerie, sans aucun moyen de se défendre avec avantage, et sans aucun lieu pour se retirer en cas de malheur.

Ces observations ne furent guère écoutées, et après quelques heures de marche, on fut alarmé par l'approche d'un corps nombreux de cavaliers tartares. Nos gens s'avancèrent pourtant à leur rencontre dans le meilleur ordre possible, et firent successivement plusieurs décharges de mousqueterie, afin de contenir l'ennemi à quelque distance. Mais les Tartares n'avaient pas le dessein de s'exposer à une perte considérable pour faire ce qu'ils étaient sûrs d'obtenir sans perte et sans danger. Au lieu donc de charger les Européens, ils se contentèrent de leur donner des alarmes continuelles, et de les menacer sur tous les points sans se trop exposer eux-mêmes.

L'armée alors essaya de battre en retraite, dans l'espoir d'arriver aux montagnes voisines, où ils auraient été en sûreté contre les attaques de la cavalerie ; mais ils furent encore désappointés dans cette nouvelle tentative, car un autre corps nombreux d'ennemis parut de ce côté et leur coupa le passage. Les Européens se trouvèrent ainsi entourés de

toutes parts, sans pouvoir faire la moindre résistance. Le commandant jugea
donc convenable de tenter l'effet des
négociations ; il envoya l'un de ses officiers, qui entendait un peu la langue tar-
tare, afin de traiter avec le général ennemi. Le chef des Tartares reçut les
Européens avec les plus grands égards,
et après leur avoir adressé quelques lé-
gers reproches sur l'ambition qui les faisait
venir si loin pour attaquer un peuple
dont ils n'avaient jamais reçu la moindre
injure, il consentit à leur délivrance, à
des conditions fort modérées. Mais il in-
sista pour que les armes lui fussent livrées,
à l'exception de quelques-unes qu'il leur
permit de conserver pour se défendre
dans leur retour ; il demanda encore un
certain nombre d'Européens pour répon-
dre, en qualité d'otages, de la validité du
traité. Parmi ceux qui furent ainsi remis
entre les mains des Tartares, se trouva
Jack ; et tandis que les autres paraissaient
inconsolables d'être prisonniers d'une na-

tion barbare, lui seul, accoutumé à toutes les vicissitudes de la vie, conserva sa gaîté et se prépara à affronter tous les revers de la fortune avec sa fermeté habituelle.

Les Tartares parmi lesquels Jack était alors contraint de demeurer, forment plusieurs tribus ou peuplades différentes, qui occupent une étendue immense de pays, situé en Asie et en Europe; ce pays est en général découvert, inculte, et ne renferme aucune ville ni aucun bourg semblables à ceux que nous voyons en Angleterre. Les habitans eux-mêmes sont des hommes vifs et courageux, vivant dans de petites tentes et changeant de demeure à chaque saison de l'année. Toutes leurs richesses consistent en des troupeaux de bêtes à cornes, qu'ils mènent avec eux d'un lieu à un autre, et dont le lait et la chair leur servent de nourriture. Ils sont extrêmement passionnés pour les chevaux dont ils possèdent une espèce, petite à la vérité, mais

excellente, et infatigable dans les travaux
de la guerre. Les Tartares excellent dans
l'art de manier les chevaux, au-delà de
tout ce qu'on peut imaginer. Des troupeaux nombreux de ces animaux errent
dans les déserts, sans ordre, mais mar-
qués du signe particulier de la personne
ou de la tribu à laquelle ils appartiennent.
Lorsque les Tartares ont besoin, pour
leur usage, de quelques-uns de ces animaux, un certain nombre de leurs jeunes
gens montent à cheval, n'ayant qu'un
simple licou pour le conduire, et portant
dans leur main un bâton au bout duquel
est un nœud coulant en corde. Parvenus
à la vue du troupeau, ils poursuivent en
toute hâte le cheval qu'ils veulent prendre, l'atteignent malgré sa vitesse, et ne
manquent jamais, pendant qu'il court,
de lui passer le nœud autour du cou. On
les voit souvent monter de jeunes chevaux qui, jusque-là, ont toujours vécu
dans le désert, et passant une simple
sangle autour du corps de l'animal, s'y
maintenir assis en dépit de tous ses efforts,

jusqu'à ce qu'ils l'aient dompté et réduit à la plus parfaite obéissance. Telle était la nation au milieu de laquelle le sort de Jack le forçait de demeurer, et celui-ci ne fut pas long-temps sans trouver l'occasion de déployer ses talens.

Il arriva que le cheval favori du chef des Tartares fut saisi d'une fièvre violente et se trouva bientôt après en danger de mourir. Le Kan (c'est ainsi que les Tartares appellent leur général), voyant que son cheval devenait de plus en plus malade, eut recours aux Européens, afin de savoir s'ils ne pourraient pas lui fournir quelque moyen de guérison. Tous les officiers étaient profondément ignorans dans l'art vétérinaire; mais lorsqu'on en fut venu à Jack, il demanda à voir le cheval, et commença, avec beaucoup de gravité, à lui toucher le pouls, en passant la main à la partie interne de sa jambe de devant, ce qui donna aux Tartares une haute idée de son génie. Trouvant que l'animal avait beaucoup de fièvre,

il conseilla au Kan de lui tirer du sang,
ce qu'il avait appris à faire en Angleterre
avec la plus grande habileté. Il obtint la
permission de faire tout ce qui lui plai-
rait. Par un bonheur extrême, il avait
une lancette avec lui, et il saigna, avec
beaucoup d'adresse, le cheval au cou.
Après cette opération, il le couvrit bien,
lui donna une potion chaude, faite avec
les ingrédiens qu'il put trouver sur-le-
champ, et lui laissa prendre du repos.
Quelques heures après, le cheval commença à se trouver mieux, et dans peu
de jours il fut entièrement rétabli, à la
grande satisfaction du Kan.

Cette cure, si heureusement termi-
née, donna à Jack une réputation telle,
que chacun venait le consulter pour ses
chevaux, et qu'en peu de temps il se vit
le maréchal de toute la tribu. Le Kan
lui-même conçut pour lui une si grande
affection, qu'il lui donna un excellent
cheval pour le monter et s'en servir dans
ses parties de chasse ; Jack, de son côté,

qui excellait dans l'art de l'équitation, le
mania de manière à se concilier l'estime
de toute la nation.

Quoique les Tartares soient d'excellens
cavaliers, ils ne s'imaginent pas qu'on
puisse conduire un cheval par d'autres
moyens que la force; mais Jack, par une
attention et des soins continuels, rendit
en peu de temps son cheval si docile
et si obéissant au moindre mouvement
de sa main ou de ses jambes, que les
Tartares eux-mêmes ne purent s'empêcher de le regarder avec admiration, et
d'avouer qu'il les surpassait en dextérité.
Non content de cela, Jack se procura du
fer et en fit des fers à cheval à la manière européenne. Ce fut encore un grand
sujet d'étonnement pour les Tartares,
qui sont accoutumés à monter leurs chevaux sans qu'ils soient ferrés. Il observa
ensuite que les selles étaient prodigieu-
sement grosses, incommodes, et qu'elles
élevaient le cavalier à une grande distance du dos du cheval.

Jack se mit à l'ouvrage, et bientôt après il eut confectionné une selle semblable aux selles anglaises pour la chasse. Monté sur elle, il parut en présence du Kan. Tous les hommes sont passionnés pour la nouveauté; aussi le Kan fut tellement charmé de cette nouvelle production du génie de Jack, qu'après lui avoir adressé les complimens les plus flatteurs, il lui témoigna le désir d'avoir une semblable selle pour lui-même. Jack était l'homme du monde le plus obligeant, et il n'épargnait point sa peine pour servir ses amis. Il se remit donc à l'ouvrage, et peu de temps après il eut terminé, pour le Kan, une selle encore plus élégante que la première. Ces divers travaux lui attirèrent en même temps l'estime et la faveur du Kan et de toute la tribu. Ainsi Jack devint le favori de tout le monde, et se vit chargé de présens, tandis que le reste des officiers, qui n'avaient jamais appris à faire une selle ou un fer à cheval, étaient traités avec indifférence et mépris.

Jack cependant se comporta envers ses compatriotes avec la plus grande générosité, et il partagea toujours avec eux la viande et le gibier qu'on lui donnait. Néanmoins il ne pouvait s'empêcher d'observer quelquefois que c'était une grande pitié de voir qu'on ne leur eût point appris à fabriquer un fer à cheval, au lieu de leur montrer à danser et à arranger leur chevelure.

Sur ces entrefaites, un ambassadeur arriva des établissemens anglais, assurant que toutes les conditions du traité avaient été remplies, et demandant la restitution des prisonniers. Le chef des Tartares était trop homme d'honneur pour différer un seul instant, et tous les prisonniers furent rendus. Mais, avant de partir, Jack travailla avec une activité infatigable à finir une paire de selles et une douzaine de fers à cheval, qu'il offrit au Kan avec l'expression de sa reconnaissance. Le Kan fut charmé de cette preuve de son amitié, et, en retour, il lui fit présent d'une paire de beaux chevaux et de différentes peaux de bêtes d'un grand prix. Jack arriva sans accident aux établissemens anglais, et ayant vendu ses chevaux et ses peaux, il se trouva possésseur d'une somme d'argent assez considérable. Il commença alors à désirer de retourner en Angleterre, et l'un des officiers qu'il avait fréquemment obligés durant sa captivité, lui fit obtenir son congé. Il s'embarqua donc, avec tout ce qu'il possédait, à bord d'un vaisseau qui retournait en Angleterre, et quelques mois après il débarqua heureusement à Plymouth.

Jack avait trop d'activité et de prudence pour se livrer à l'oisiveté. Après avoir considéré différens genres d'occupations, il se décida à reprendre son ancien métier de forgeron. Dans ce dessein, il fit un voyage dans le nord, et trouva son ancien maître encore vivant et aussi actif que jamais. Celui-ci, qui avait toujours conservé beaucoup d'estime pour Jack, le reçut avec la plus grande cor-

dialité, et ayant besoin d'un chef d'ouvriers, il lui donna cette place, avec des
appointemens considérables. Jack se montra infatigable en remplissant ses nouvelles
fonctions; d'une probité inflexible dans
tout ce qui regardait les intérêts de son
maître, et en même temps humain et
obligeant envers ceux qui étaient au-dessous de lui; il s'attira l'affection de tout
ce qui l'entourait. Quelques années après,
son maître fut tellement convaincu de son
mérite, que, devenant vieux lui-même,
il prit Jack comme associé, et confia à
ses soins la direction de toutes les affaires.
Jack continua à montrer les mêmes qua-
lités dont il avait fait preuve auparavant,
et par là améliora si bien son commerce,
qu'il amassa une fortune considérable, et
devint l'un des plus respectables manu-
facturiers du pays. Cependant, au sein
de cette prospérité, on ne découvrit jamais en lui la moindre marque d'orgueil
ou de hauteur; au contraire, il employa

une partie de sa fortune à acheter le champ où il avait passé les premières années de sa vie, et y construisit lui-même une maison petite, mais commode, à la même place où s'élevait jadis la cabane de son père. Là il venait quelquefois se reposer de ses affaires et cultiver son jardin, de ses propres mains, car il détestait l'oisiveté.

Il se montra généreux et bienfaisant envers tous ses pauvres voisins; il les soulageait dans leur misère, les recevait chez lui, les engageait souvent à dîner avec la plus grande cordialité, et se plaisait à raconter son histoire, pour faire voir qu'il importe peu de quelle manière un homme vienne au monde, pourvu que lorsqu'il y est, il mène une bonne conduite et remplisse bien ses devoirs.

FIN.